DANIEL
EL GRITO DE LAS SOMBRAS

Hugo Escribano

Aliarediciones

Corrección: Inés González Calo
Diseño de cubierta: Jaime Galisteo
Maquetación: Aliar Ediciones

Segunda Edición: Noviembre 2025
Depósito Legal: GR 1139-2025
ISBN: 979-13-87823-68-9

Impreso en España

Edita
ALIAR Ediciones
www.aliarediciones.es
info@aliarediciones.es

DANIEL
EL GRITO DE LAS SOMBRAS

Hugo Escribano

Cuando la gente te daña una y otra vez, piensa sobre ellos como papel de lijar. Pueden arañarte o dañarte un poco, pero, al final, tú terminas pulido y ellos terminan siendo inútiles.

Chris Colfer

A Joaquín Montero Bernal,
por ser en mi vida esa sombra blanca,
la que no oscurece, sino que protege y guía.
Aunque ya no esté, su luz sigue brillando,
recordándome que el verdadero amor y apoyo
nunca desaparecen, solo cambian de forma.

PRÓLOGO

Nunca hay que dejar de buscar la sombra blanca

Todo un honor y un orgullo, a la vez que una gran responsabilidad, actuar de exordio de este libro surgido de las vivencias y capacidad literaria de su jovencísimo autor, Hugo Escribano (Plasencia, Cáceres, 2011). Un honor, porque sin conocernos personalmente —nuestra comunicación ha sido a través de correos electrónicos, mensajes de WhatsApp y unas pocas llamadas—, ha pensado en mí para que escriba estas líneas, que ojalá cumplan su función de animar a los lectores de esta, su segunda edición. Un orgullo, porque esta novela demuestra que, a pesar de estar basada en duras experiencias vividas, pretende mostrar una mirada positiva al acoso escolar para que adolescentes y jóvenes que puedan estar pasando por ellas comprendan que «siempre hay luz. Incluso en los lugares más oscuros, y siempre hay alguien dispuesto a caminar a nuestro lado».

Ya lo hemos contado en nuestro suplemento educativo *Ideal en Clase* que, fue un correo electrónico fechado el 4 de septiembre de 2025 con el asunto «Escritor de 14 años publica en una editorial granadina» lo que nos puso en contacto. En el mismo, tras pedir disculpas por robarnos unos minutos, Hugo Escribano Montero se presentaba diciendo que tenía esa edad, residía en Hervás, Extremadura, y que hacía apenas unos días había publicado su primer libro, *Daniel, el grito de las sombras* (Aliar Ediciones). A continuación indicaba que el libro había surgido de su experiencia personal con el acoso escolar. «Durante años lo sufrí en silencio y me costaba muchísimo hablarlo. Escribir fue la manera que encontré para sacar fuera lo que llevaba dentro. Y hoy, al ver el libro publicado, siento que esas sombras ya no son solo mías: son también las de muchos jóvenes que pasan por lo mismo y que, como yo, a veces no se atreven a contarlo». Al continuar leyendo el correo supimos que el loable objetivo que se había planteado con su publicación no era otro que, «quienes estén pasando por momentos así no se lo callen, sino que encuentren el valor de decirlo y de pedir ayuda. Creo que puede tener un eco especial en los institutos y en los jóvenes, porque refleja una realidad muy presente en sus vidas».

Lógicamente, por la edad del autor y por la temática planteada en su ópera prima, nos pusimos en contacto con él y le planteamos la posibilidad de hacer una entrevista como tantas que hacemos a los autores granadinos, es decir, grabar un vídeo en el que el autor cuenta detalles de su biografía y aspectos relacionados con el libro, completado con los datos prácticos del mismo. De esa manera, pensamos que se podía complacer su deseo de ser entrevistado y darle difusión a su obra para que llegue «a muchos hogares y sirva de apoyo a chicos y chicas que se sientan identificados».

El caso es que a Hugo le pareció buena esta propuesta y se la tomó muy en serio. Días después, con la colaboración de un amigo, Jesús Fernández Jiménez, recibíamos la grabación en la que se ve a nuestro joven autor en el barrio judío de Hervás (Cáceres). Así pudimos conocer algunos detalles más de su biografía y que actualmente vive en esta localidad cacereña donde ha cursado infantil y primaria en el Colegio Público Santísimo Cristo de la Salud, así como primero y segundo de la ESO en el IES Valle del Ambroz. Este curso —2025/26— ha comenzado tercero de la ESO en el Colegio Diocesano.

Renglón seguido, comienza a dar detalles de su novela, cuyo germen está en una pregunta fundamental que aparece en la contraportada. ¿Qué pasa cuando una mentira crece tanto que se convierte en una verdad compartida por todos? «Pues esto es lo que trata la historia. Una mentira que va creciendo y se convierte en una realidad. La historia está narrada a través de los ojos de un joven llamado Daniel que se ve enfrentado a estos problemas que tiene que ir superando. Para ello tendrá que luchar contra sombras, pero a lo mejor también hay alguna sombra que le ayuda».

La novela consta de doce capítulos más la nota de autor y el epílogo. En la primera, el autor se centra en el poder de la palabra, en tanto que en el epílogo, lo dedica a los agradecimientos a toda la gente que le ha ayudado.

En las páginas iniciales aparece la dedicatoria a su abuelo, Joaquín Montero Bernal, «Por ser en mi vida esa sombra blanca, la que no oscurece, sino que protege y guía. Aunque ya no esté, su luz sigue brillando, recordándome que el verdadero amor y apoyo nunca desaparecen, solo cambian de forma». Después aclara que «cada capítulo es un escalón emocional, se va adentrando, se va subiendo hasta llegar al clímax que, seguramente, te haga llorar».

Así, pues, querido lector, si está leyendo esto le podemos asegurar que tiene entre sus manos una pequeña joya —lo de pequeña es por el número de páginas, setenta— que se lee con agrado desde la propia «Nota del autor», donde ya aclara que «esta historia no es solo una historia» y «que no es solo oscuridad lo que habita en estas páginas», para llegar a una conclusión que nos pone en antecedentes de la madura personalidad de Hugo, cuando indica que «el perdón no es un acto simple, sino un sendero que se construye paso a paso, con miedo, con dudas, pero también con la certeza de que nadie debería cargar para siempre con el peso de su propio dolor».

Lástima que otros muchachos y chicas, como Sandra Peña —curiosamente de la misma edad actual de Hugo—, no hayan podido ver esa luz al final del túnel. Por todo ello, entendemos que maestros y profesores deberían conocer este libro y buscar estrategias didácticas para trabajar en el aula en las horas de tutoría o planificando un tiempo para llevar a cabo lecturas dialógicas, en voz alta, seguidas de debates, representaciones, vídeos, etcétera, que pongan delante de todos esta terrible lacra y que acosados, acosadores y testigos, además de profesorado y familias, sean conscientes y permitan buscar soluciones conjuntas.

Nuestro deseo es, al igual que Hugo expresa en el epílogo, que también se comprenda que es muy positivo plasmar en el papel nuestra situación y pensamientos. En su caso lo convirtió en libro y le permitió «entender mejor todo lo que he vivido, de dar sentido a las experiencias que no siempre entendí en su momento». Él también lo usa a modo de recordatorio «de lo crucial que es rodearse de personas que realmente se preocupan por nosotros. Los amigos, los que están ahí no solo cuando las cosas van bien, sino también cuando nos enfrentamos a nuestros propios demonios».

Se podrá decir más alto, pero no más claro y deseamos que el esfuerzo y el tiempo que le ha dedicado Hugo haya merecido la pena y, por ello, les animamos a adentrarse en sus páginas.

Antonio Arenas Maestre
Maestro y periodista
Director del suplemento Ideal en Clase
Granada, 2 de noviembre de 2025

Código QR para acceder al vídeo

NOTA DEL AUTOR

Las palabras son como ecos que resuenan en el tiempo. Algunas se desvanecen, otras permanecen suspendidas en el aire, flotando como un susurro que nunca se extingue. Pero hay palabras que caen como piedras, que hieren sin dejar cicatrices visibles, que se clavan en lo más profundo del alma hasta convertir la piel en un mapa de sombras invisibles.

Esta historia no es solo una historia. Es un reflejo de los silencios ahogados en los pasillos, de las miradas esquivas, de las risas que parecen inofensivas, pero que llevan consigo un filo invisible. Es el eco de quienes han sido señalados sin razón, de aquellos que han sentido cómo el mundo se volvía un laberinto sin salida, de quienes han aprendido a caminar entre sombras porque la luz parecía un lujo demasiado lejano.

Pero no es solo oscuridad lo que habita estas páginas. También hay destellos de comprensión, momentos en los que la culpa pesa tanto que se vuelve imposible ignorarla, en los que los errores se alzan como montañas imposibles de escalar, y en los que el arrepentimiento se convierte en el único camino para encontrar una verdad más honesta.

Porque las sombras pueden devorar, pero también pueden disiparse. Porque el perdón no es un acto simple, sino un sendero que se construye paso a paso, con miedo, con dudas, pero también con la certeza de que nadie debería cargar para siempre con el peso de su propio dolor.

Y en ese viaje, en esa lucha por reconstruir lo que parecía roto, se encuentra la verdadera historia. No la de la víctima ni la del verdugo, sino la de los que, en algún momento, se han perdido en la penumbra y han encontrado, aunque sea en el último instante, la manera de volver a la luz.

CAPÍTULO 1

LA ACUSACIÓN FALSA

Todos creen que fui yo. Era un lunes lluvioso, el tipo de día que se arrastra lentamente, como si el cielo estuviera desbordado por la tristeza. Daniel se despertó con una sensación de incomodidad en el pecho, algo que no podía identificar con claridad, pero que sentía con una certeza inquietante. Había pasado el fin de semana en casa, rodeado de la soledad que a veces sentía más reconfortante que la compañía de los demás. Los domingos eran su refugio, su espacio para desconectarse de las tensiones de la escuela y las miradas que se le clavaban en la espalda. Sin embargo, ese lunes algo le decía que las sombras que acechaban su mente se alargarían más de lo que podía soportar.

Se levantó lentamente de la cama, sintiendo que el peso de su propio cuerpo se volvía más pesado de lo normal. La habitación, sin la luz del sol que normalmente iluminaba su pequeña ventana, parecía aún más fría y aislada. Se miró en el espejo con desgana, reconociendo la imagen de un rostro que ya no le parecía suyo. Las ojeras, el brillo apagado en sus ojos, la ligera curvatura de su boca que nunca llegaba a una sonrisa. Todo en él parecía indicar cansancio, pero no solo físico. Había un agotamiento profundo, una tristeza que no podía entender, pero que sentía con una intensidad aterradora.

Mientras se vestía en silencio, algo en el aire parecía pesado, como si las paredes de su cuarto se estuvieran acercando poco a poco. Un mal presagio que no entendía del todo, pero que lo hacía sentirse vulnerable, inseguro. Como si, de alguna manera, el día estuviera en su contra.

A medida que llegaba al instituto, la sensación en su estómago se hacía más fuerte. El trayecto en autobús fue silencioso, cada movimiento del vehículo marcaba una presión más sobre su pecho. En la escuela, el clima era más tenso de lo normal. Había un murmullo que flotaba por los pasillos, como una sombra invisible que acechaba a todos, y Daniel se dio cuenta de inmediato de que algo no estaba bien. Las miradas eran más intensas, las risas más disimuladas. Como si algo, aunque aún no lo comprendiera, estuviera a punto de explotar.

Cuando entró en el aula, un escalofrío recorrió su cuerpo. Se sentó en su sitio, en la esquina, donde podía distraerse mirando por la ventana. Era su refugio, su pequeño rincón en el que intentaba no ser visto. Pero esa mañana no pudo escapar de la atmósfera cargada que llenaba la habitación. Los compañeros hablaban en voz baja, lanzándose miradas furtivas, y Daniel sentía cómo sus corazones se vaciaban a medida que se sentaba allí, viendo cómo el mundo seguía su curso sin detenerse por él.

Entonces, la voz de Sofía, una de las chicas populares, cortó el silencio, y con ella, la calma que Daniel intentaba reunir se desmoronó. Mientras pasaba junto a su mesa, sus palabras llegaron como una puñalada en la oscuridad.

—Dicen que te metes con Samuel...

El nombre de Samuel lo alcanzó con una fuerza que lo dejó sin aliento. Samuel era un compañero con autismo, un niño distinto en muchos aspectos, pero, para Daniel, alguien a quien siempre había tratado con amabilidad. Aunque los demás se burlaban de él, Daniel nunca participó en esa crueldad. Era uno de los pocos que intentaba acercarse a Samuel, hacerle sentir que, a pesar de todo, no estaba solo. Sin embargo, esa acusación lo dejó paralizado. No entendía. ¿Por qué lo decían? ¿Por qué lo involucraban en algo tan absurdo?

Samuel, aunque diferente, no le causaba ningún rechazo. Al contrario, sentía lástima por la manera en que los demás lo trataban, cómo se apartaban de él solo porque no cumplía con los estándares de lo que era «normal». Pero nunca había hecho nada para dañar a Samuel. La mentira que se tejía a su alrededor era cruel e inmerecida.

Las palabras de Sofía no tardaron en propagarse como un virus por el instituto. Lo que al principio era un susurro se convirtió en un rugido que resonó por todos los rincones del colegio. Los murmullos se multiplicaron y, con ellos, las miradas. Los chicos que antes le hablaban ahora lo esquivaban. Otros se reían entre dientes, con esa burla oculta que no hacía más que aumentar el dolor que Daniel sentía en su pecho.

Era como si de repente, todo el mundo lo hubiera señalado, como si hubiera sido marcado con una palabra invisible que decía «culpable» y que nadie podía ver, pero que todos sabían. La sensación de ser observado, de ser señalado, era insoportable. Nadie se atrevió a hablar con él, a preguntarle si era verdad, si había algo de cierto en lo que decían. Todos preferían callar, desentenderse, como si de esa forma pudieran protegerse de la sombra que él parecía arrastrar detrás.

La tarde fue un ciclo repetido de miradas evasivas, risas disimuladas, palabras que flotaban en el aire como cuchillos.

Daniel no podía concentrarse en nada. En cada aula, en cada pasillo, sentía como si el peso de la mentira lo aplastara cada vez más. Por primera vez, deseó no tener que ir al instituto. Pero sabía que no podía huir de aquello. Ni siquiera cuando se sentó en el banco esperando el autobús, esa sensación de desolación lo abandonó.

De repente, alguien se le acercó y le susurró: «Espera a que llegues a clase, todos te van a odiar». Esa frase, tan simple, tan directa, lo atravesó con más fuerza que todas las demás. Era como si, de repente, el mundo entero se hubiera alineado en su contra, como si todos los demás estuvieran en una especie de acuerdo silencioso. Nadie en quien confiar, nadie dispuesto a defenderlo.

Cuando finalmente llegó a casa, se encerró en su cuarto, la puerta cerrada a su alrededor como último refugio. Aunque en su habitación la paz debería haber reinado, todo lo que sentía era el peso de las sombras que se cernían sobre él. No solo era un dolor físico, no solo era un vacío emocional. Era una sensación de ser arrastrado por algo invisible, algo que no podía ver pero que sí podía sentir. Las sombras que siempre había ignorado en su mente ahora estaban ahí, rodeándolo.

Esa noche, mientras se duchaba, Daniel entendió lo peor de todo. La acusación ya no era solo una mentira. Había crecido tanto que ya no podía escapar de ella. Se había convertido en algo real. Y lo peor, lo más aterrador de todo, era que esas sombras que se apoderaban de él no solo se escondían en su mente. Ya se habían apoderado de su vida. Y, a medida que lo entendía, las sombras parecían crecer más, como una niebla espesa que lo envolvía, lo arrastraba, lo hundía.

Pero en ese dolor, en esa desesperación, Daniel aún no sabía que, más allá de las sombras, algo dentro de él comenzaba a despertar. Algo que lo haría luchar, que lo impulsaría a enfrentarse a las mentiras y a las sombras que intentaban devorarlo. Aún no lo sabía, pero esa sería la chispa que daría inicio a una lucha mucho más grande, una lucha que lo llevaría a descubrir, al final, que el silencio y las sombras podían romperse.

CAPÍTULO 2

EL ORIGEN DEL ACOSO

El sonido de la campana resonó por todo el pasillo, anunciando el inicio de otro día de clases en el instituto. Los estudiantes empezaron a agruparse, algunos charlando animadamente, otros más reservados, mientras las puertas de las aulas se cerraban con el murmullo de conversaciones truncadas por la rutina escolar. Daniel caminaba por el pasillo, con la mochila colgando de un hombro, mirando al suelo con una sensación de incomodidad que lo acompañaba desde hacía semanas. Era como si todo alrededor de él se hubiera transformado en una nube espesa, algo denso y opresivo que lo hacía sentir fuera de lugar, como si estuviera caminando en una realidad paralela donde nadie lo veía, pero todos lo observaban al mismo tiempo.

Se detuvo un momento junto a las ventanas que daban al patio. El sol ya estaba alto, aunque la brisa fría del otoño comenzaba a arremolinarse por el lugar. Era la típica mañana en la que el sol no era capaz de disipar del todo la melancolía del ambiente. Daniel observaba los árboles moverse con suavidad, las hojas que caían y se llevaban consigo la sensación de calma que él tanto deseaba. Pero cuando miraba hacia los estudiantes que jugaban en el patio o se agrupaban en las esquinas, algo en su pecho se apretaba. Las risas, las conversaciones, las bromas... todo parecía tan ajeno a él, tan distante, como si fuera un actor en una obra de teatro donde no sabía cuál era su papel.

Las primeras semanas de ese nuevo curso habían sido difíciles. Había entrado a primero de secundaria con la esperanza de que, quizás, la transición a una nueva etapa académica trajera consigo nuevas oportunidades, nuevos amigos, nuevos comienzos. Sin embargo, rápidamente comenzó a notar que algo había cambiado. Algo que él no entendía y no podía identificar. Era una sensación extraña que lo hacía sentirse observado constantemente, pero no de una manera positiva. Unos días antes había empezado a escuchar rumores, murmullos que se cruzaban por los pasillos y, aunque intentaba ignorarlos, una palabra en particular lo golpeó como una flecha afilada: «Samuel».

Samuel era el nuevo chico que había llegado a la escuela hacía poco. Aquel niño con autismo que todos veían diferente. Todos en la escuela sabían quién era, no por su propia voluntad, sino por las características que lo hacían destacar. Su manera de hablar pausada, su mirada fija, su nerviosismo en situaciones sociales... Los demás no tardaron en etiquetarlo y, por supuesto, las burlas comenzaron a surgir. Pero lo que Daniel no podía entender era que, de alguna manera, su propio nombre comenzó a ir ligado al de Samuel. Y, lo peor de todo, era que no había hecho nada para merecerlo.

En los pasillos, algunos estudiantes lo miraban con una mezcla de desconfianza y reproche. En las aulas, se sentía observado, pero no por la razón que le gustaría. Y aunque no se atrevió a preguntar directamente, algo dentro de él le decía que se estaba convirtiendo en el objetivo de un ataque que aún no comprendía del todo. Sofía, con su aire arrogante y su voz de mando, comenzó a aparecer con más frecuencia en su campo de visión. Ella, que siempre había sido parte de la multitud que lo ignoraba, ahora lo miraba con una mirada diferente. Sus ojos ya no eran los mismos que antes; se llenaban de un brillo sutil, pero inquietante, como si estuviera evaluando a Daniel, calculando cómo derribarlo.

Una tarde, mientras Daniel caminaba por el pasillo de regreso al aula después del recreo, escuchó risas y cuchicheos a su alrededor. Fue entonces cuando captó algo que lo heló por completo. La voz de Sofía llegó a sus oídos, arrastrada por el viento que se colaba por las rendijas de las ventanas.

—¿Sabías que Daniel se mete con Samuel? El chico con autismo. Es un acosador.

La palabra «acosador» flotó en el aire como una maldición, clavándose en el corazón de Daniel. La mentira, que había nacido en algún rincón oscuro de los rumores, se había transformado en algo más. Ya no era solo un murmullo; ahora se había extendido por toda la escuela. Su nombre estaba asociado con algo tan terrible como el acoso escolar, y la realidad no tenía nada que ver con eso. Daniel no había hecho nada. Nunca se había burlado de Samuel, ni lo había atacado de ninguna manera. Pero no había forma de detener la ola de acusaciones, la marea que crecía a su alrededor, empujada por las palabras venenosas de Sofía.

Al principio, los comentarios fueron discretos, disimulados. En las clases, algunos compañeros lo miraban a través de los libros, otros se reían a sus espaldas, pero todo de manera sutil, casi imperceptible. Daniel pensaba que podía sobrellevarlo. Sin embargo, el peso de la situación empezó a convertirse en algo palpable. Como un pesado manto que se le caía sobre los hombros, que lo envolvía y lo hacía sentir cada vez más pequeño. Las miradas, las risas a escondidas, los susurros; todo eso empezó a tomar forma. Y esa forma, en la mente de Daniel, adquirió algo oscuro.

Las sombras empezaron a aparecer.

Al principio, Daniel no entendía lo que estaba sucediendo. Se sentaba en clase, mirando fijamente la pizarra, cuando algo extraño lo invadió. Un frío repentino le recorría la espalda. Las paredes del aula se volvían más oscuras, la luz de las ventanas parecía desvanecerse lentamente. Y entonces, cuando menos lo esperaba, las sombras surgieron. No era una metáfora, no era un juego de palabras. Eran sombras reales. Oscuras, densas, como si se deslizaban a su alrededor. Se movían a su propio ritmo, arrastrando consigo las emociones más profundas y perturbadoras que Daniel había sentido hasta entonces.

Al principio, las sombras eran solo algo pasajero. Como un susurro lejano, una sensación que apenas podía identificar. Pero a medida que el acoso aumentaba, también lo hacían las sombras. Se deslizaban sobre los escritorios, se aferraban a sus hombros y a su cuello, como si intentaran consumirlo poco a poco. Eran como una extensión de su ansiedad, de su miedo. Y cuanto más intentaba ignorarlas, más fuertes se volvían.

Cuando Daniel llegaba a casa después de la escuela, se encerraba en su habitación. Al principio, pensó que podía escapar de las sombras, pero siempre estaban ahí, acechando en las esquinas de la habitación, como espectros que no dejaban de moverse. En sus sueños, las sombras se alargaban, se estiraban, se multiplicaban hasta devorarlo todo. Le susurraban en el oído, burlándose de él: «Eres culpable. No hay salida. Nadie te entiende».

Los días se convirtieron en una espiral de desesperación. Las sombras lo atrapaban en cada rincón, en cada momento de soledad. Cada vez que pensaba en Samuel, sentía que esas sombras se alargaban, que se alimentaban de su temor. En su mente, se repetían las acusaciones: «Te lo mereces. Nadie te quiere. Todo es tu culpa». Las voces de los compañeros, los rumores que corrían por los pasillos, todo se amalgamaba en una única sensación, una que apretaba su pecho y lo dejaba sin aliento. La angustia lo envolvía, se convertía en una presión constante, insoportable.

La escuela ya no era un lugar de aprendizaje, sino un campo de batalla emocional. Las sombras, alimentadas por el acoso, se volvían más agresivas. Daniel comenzó a sentirse como si no pudiera escapar de ellas. Estaban siempre cerca, a su alrededor, en su mente, en su cuerpo. Y aunque intentaba con todas sus fuerzas callarlas, ignorarlas, siempre volvían, más fuertes que nunca.

Una tarde, cuando Daniel estaba en el baño, se miró en el espejo y sintió cómo asomaban las lágrimas. La mirada que vio en el reflejo no era la suya. En sus ojos, el miedo y la desesperación se habían instalado permanentemente. Las sombras, ahora, se veían reflejadas en él. La presión era tan fuerte que sus piernas temblaban, su respiración se volvía irregular, y el dolor en su pecho no desaparecía.

«¿Por qué? —se preguntó—. ¿Por qué yo?».

Las sombras respondieron en su mente. «Porque nadie te quiere. Porque eres diferente. Porque lo mereces».

Daniel se quedó ahí, mirando su reflejo, mientras las sombras se alzaban a su alrededor, acechándolo más que nunca.

CAPÍTULO 3

LA PRESIÓN SOCIAL

La mañana en el instituto era fría y, aunque el sol brillaba débilmente a través de las ventanas, no podía evitar sentir que algo oscuro se cernía sobre él. Daniel caminaba lentamente por los pasillos, su mochila pesaba como una carga, no solo por los libros, sino por algo mucho más invisible que lo asfixiaba. Desde el momento en que puso un pie en el instituto esa mañana, sentía una presión extraña que lo rodeaba como una niebla espesa. Cada paso que daba resonaba en su mente, y no podía dejar de pensar en cómo todo había cambiado tan rápido. De un día a otro, su mundo se había transformado en algo incomprensible.

Había una tensión en el aire, algo que no podía evitar notar. Miradas furtivas, susurros a sus espaldas, risas que se desvanecían al instante en que él se acercaba. El constante eco de esos murmullos lo perseguía, como un eco de algo desagradable y sucio. Al principio pensó que todo era parte de un malentendido, que las cosas mejorarían, pero conforme pasaban los días, la pesadilla no hacía más que intensificarse.

A medida que avanzaba por los pasillos, sentía cómo las paredes se acercaban, cómo el aire se volvía denso y difícil de respirar. La presión era tan fuerte que a veces pensaba que iba a desmayarse. Sus músculos se tensaban involuntariamente, su respiración se volvía irregular. Sabía que lo observaban y, aunque intentaba no mirar hacia los demás, las miradas parecían clavarse en él, casi como cuchillos. Sus pasos eran lentos y cautelosos, como si temiera que cualquier movimiento pudiera hacer que todo se viniera abajo.

En su mente, el rostro de Sofía se desdibujaba como una sombra oscura. Recordaba cómo ella había sido alguna vez una amiga, pero ahora ya no la reconocía. Había sido Sofía quien había lanzado la primera piedra, quien había sembrado la duda en el resto de la clase. A través de sus ojos, Daniel comenzó a ver el vacío y la traición que se escondían detrás de su aparente preocupación por Samuel, el niño con autismo que, sin saberlo, se convirtió en el catalizador de toda esta mentira. Sofía, al principio, había actuado bajo la premisa de proteger a Samuel, pero pronto se dio cuenta de que había algo más en juego: el poder. El poder que da el ser el centro de atención, el poder que se experimenta al ver a otros caer y sentir que todo está bajo control. Y para Sofía, Daniel había sido el chivo expiatorio perfecto, alguien a quien culpar sin pensar en las consecuencias.

El corazón de Daniel latía con fuerza en su pecho mientras caminaba. Recordaba cómo todo había comenzado, cómo un simple rumor se había transformado en una bola de nieve. Sofía, con su apariencia angelical, había lanzado la primera piedra, acusándolo falsamente de meterse con Samuel. Al principio, nadie le creyó, pero el rumor creció, se multiplicó, se extendió como una enfermedad que nadie podía detener. Cada día era un nuevo ataque, una nueva mirada despreciativa, un susurro detrás de su espalda. Y cuanto más intentaba él defenderse, más se hundía.

Jorge, uno de los chicos que antes solía compartir risas con él, comenzó a sentirse incómodo. Al principio, participaba en las bromas, en los comentarios. Se reía junto con los demás, asegurándose de no quedar fuera del círculo. Pero con el paso de los días, el malestar comenzó a apoderarse de él. Se dio cuenta de que algo no estaba bien, que Daniel no merecía esto. Jorge veía cómo la vida de Daniel se derrumbaba, cómo lo veían caminar solo por los pasillos, cómo su mirada ya no reflejaba la misma alegría de antes. Y, lo peor de todo, era que no podía hacer nada. Se sentía atrapado entre el miedo a perder su lugar en el grupo y la culpa que le empezaba a consumir por ser parte de algo tan cruel.

En el fondo, sabía que lo que estaban haciendo estaba mal. Pero había algo en su interior que lo mantenía callado. El miedo. El miedo a enfrentarse a Sofía, a perder la aceptación de los demás. Pero con cada día que pasaba, ese miedo se mezclaba con una creciente incomodidad. Miraba a Daniel y veía a un chico que, aunque nunca lo dijera, estaba sufriendo. Se sentía impotente al ver cómo sus compañeros se burlaban de él, cómo lo señalaban, cómo Daniel ya no podía caminar por los pasillos sin sentirse perseguido.

Sofía, por su parte, estaba completamente convencida de que estaba haciendo lo correcto. Cada vez que veía a Samuel sonreír o sentirse más seguro, su conciencia se apagaba un poco más. «Es por Samuel. Yo lo hago por él. Estoy defendiendo a alguien que lo necesita», se repetía en su mente. Pero algo comenzaba a hacerle ruido en su interior. Empezaba a preguntarse si realmente estaba actuando por Samuel, o si había algo más en juego. El poder. La atención. Esa sensación de control que tenía cuando veía a Daniel retroceder, cuando veía cómo sus compañeros lo apartaban, cómo ya nadie se atrevía a hablar con él.

Pero, en el fondo, Sofía sabía que estaba tomando un camino peligroso. No podía negar la creciente culpa que la perseguía en las noches. Había veces en las que, cuando miraba a Daniel, veía algo que la desconcertaba. Había algo en su rostro, en sus ojos, que le decía que algo no estaba bien. Y, sin embargo, ella se mantenía firme, abrazando la idea de que estaba defendiendo una causa justa.

El día transcurría con la misma pesadez, hasta que llegó el momento del recreo. Daniel, como siempre, se desvió del grupo, buscando refugio en la biblioteca. Allí se sentía un poco más tranquilo, aunque la constante ansiedad lo acechaba. Se sentó en una mesa aislada, abrió su cuaderno y trató de concentrarse en sus pensamientos. Pero la verdad era que nada de lo que escribía tenía sentido. Las palabras se le escapaban, se desmoronaban, como su propia vida. Su mente no podía dejar de pensar en lo que estaba sucediendo. Ya no podía escapar. La mentira que lo había envuelto, el malestar, las miradas. Todo era más grande de lo que él podía manejar.

De repente, escuchó las voces. Las risas. Los murmullos. Sin querer, alzó la mirada y vio a Sofía al fondo, rodeada de varios de sus amigos, Jorge entre ellos. El grupo reía, y aunque no podía oír claramente lo que decían, pudo ver cómo Sofía lo miraba de reojo. Las palabras de Sofía, esas mismas palabras que habían encadenado su vida, volvían a martillar en su mente: «Es por Samuel. Es por Samuel».

Pero ahora, ya no podía pensar en Samuel. Solo podía pensar en el vacío que sentía dentro de él. La angustia, la soledad. El vacío que lo devoraba cada vez más. Y, sin embargo, sabía que no podía quedarse allí mucho tiempo. A lo lejos, vio a Jorge mirar en su dirección, pero en lugar de acercarse, como en otras ocasiones, se quedó donde estaba, con las manos en los bolsillos, mirando hacia otro lado.

Daniel suspiró profundamente, dejando caer la cabeza sobre el cuaderno. En su mente, las sombras parecían estar tomando forma. Esa oscuridad que lo rodeaba ya no era solo un sentimiento, sino algo físico, algo que podía casi tocar. Era como si las sombras estuvieran a punto de devorarlo.

CAPÍTULO 4

LAS SOMBRAS DE DANIEL

El día había comenzado como cualquier otro, sin presagiar la tormenta que se desataría en la mente de Daniel. Como todos los días, caminaba por el pasillo del instituto, los murmullos de los compañeros llenaban el aire, pero él no lograba conectar con ninguno. La constante sensación de estar fuera de lugar, de ser diferente, se había convertido en una sombra oscura que lo acompañaba a todas partes.

En la clase de matemáticas, los ojos se volvieron hacia él. No por interés genuino, sino por la costumbre de mirarlo como si fuera algo extraño, algo que no encajaba. Daniel intentó ignorar las miradas, pero fue imposible. Sentía como si los dedos invisibles de la crítica y el rechazo lo tocaran, presionándolo hacia abajo, como una enorme losa.

Cuando el timbre sonó y todos se apresuraron a salir, Daniel caminó lentamente hacia la puerta, como siempre, para evitar ser golpeado por la multitud que se formaba. Pero esa vez, algo era diferente. Esa vez, las sombras que siempre habían estado en el borde de su visión, ahora parecían estar más cerca, más tangibles. Su visión comenzó a nublarse, sus pensamientos se distorsionaron y una opresión en el pecho lo hizo detenerse.

«¿Por qué no puedes ser como todos?». Las palabras resonaron en su mente, una voz interna cruel que no lo dejaba escapar. La misma voz que parecía venir de sus compañeros, la que lo perseguía cada vez que cerraba los ojos. «Eres un bicho raro», «No te queremos aquí», «Vete, nadie te necesita».

Y así, como si el peso de todas esas voces lo estuviera aplastando, Daniel sintió que algo en su interior se rompía. Sus piernas flaquearon, su cuerpo se sentó contra la pared sin que él pudiera evitarlo. El suelo parecía moverse bajo sus pies, y todo lo que podía ver era una sombra espesa que cubría su visión. Era como si su mente estuviera siendo invadida por una oscuridad que no podía controlar.

Las sombras, que al principio se habían presentado solo como un símbolo, se habían convertido en algo real. El frío de la soledad se apoderó de su cuerpo, y no podía apartar la sensación de que algo horrible estaba por suceder. El aire se hizo denso, pesado, como si la atmósfera misma lo estuviera ahogando. Los murmullos de sus compañeros se convirtieron en ecos distorsionados, y Daniel no podía distinguir las voces, solo sentía el dolor punzante de cada palabra que había escuchado.

«Las sombras están aquí», pensó, y de pronto, sin previo aviso, vio una figura oscura frente a él. Una sombra que parecía moverse con vida propia, que lo observaba con ojos invisibles. Era una sombra de sí mismo, una representación de todo lo que sentía, de todo lo que estaba por debajo de su piel, de todas las inseguridades y miedos que lo habían estado devorando.

De repente, la puerta de la clase se abrió y uno de sus compañeros, Jorge, apareció. Pero no era como los demás. Jorge, el chico que siempre había estado al margen del grupo, había sido uno de los primeros en alejarse cuando empezaron a difundir los rumores sobre Samuel. Jorge había estado en silencio, observando desde la distancia, sin involucrarse directamente en el acoso. Pero esa tarde, algo había cambiado.

—¿Estás bien, Daniel? —preguntó Jorge, con una voz suave, pero que temblaba un poco, como si él mismo no estuviera seguro de lo que estaba haciendo. Daniel levantó la vista hacia él, pero las sombras seguían presentes, envolviendo su campo de visión. Jorge pareció percatarse de la intensidad de la situación y se acercó más, sentándose a su lado.

— No te dejes llevar por esto —dijo Jorge, mientras sus ojos recorrían el rostro de Daniel con una mirada llena de preocupación—. Yo... yo sé lo que están haciendo, pero no tienes que estar solo en esto.

Daniel no respondió de inmediato. Las sombras seguían acechando su mente, pero las palabras de Jorge se colaron en el aire gris y oscuro que lo rodeaba. No podía entender cómo, en medio de tanto dolor, Jorge aún estaba allí, ofreciéndole su apoyo.

—Ellos no tienen razón —continuó Jorge, mientras Daniel miraba al suelo, incapaz de enfrentarse a la intensidad de la mirada ajena. No lo miraba con desprecio, sino con una comprensión genuina que Daniel no podía recordar haber experimentado antes.

Jorge se quedó allí, en silencio, con Daniel. No necesitaban más palabras. La presencia de Jorge era suficiente. En ese momento, Daniel sintió un pequeño resquicio de esperanza, algo que había estado ausente durante tanto tiempo. Las sombras no desaparecieron por completo, pero algo en su interior se iluminó, aunque fuera por un segundo.

«Tal vez no todo esté perdido», pensó Daniel, mientras las sombras seguían merodeando a su alrededor. Pero ahora había una pequeña grieta en esa oscuridad. Una grieta que, aunque frágil, le daba la posibilidad de encontrar algo más allá de la sombra que lo consumía.

El resto del día transcurrió en una especie de niebla emocional. Daniel no podía concentrarse en nada más que en las palabras de Jorge y, por primera vez en mucho tiempo, algo dentro de él sintió un atisbo de calor, como si la luz comenzara a filtrarse a través de las grietas en su corazón.

Pero no todo estaba resuelto. Las sombras seguían acechando, y Daniel sabía que su lucha apenas comenzaba. La presencia de Jorge, aunque reconfortante, no era suficiente para borrar la oscuridad que se había asentado en su alma.

Esa noche, cuando regresó a su casa, todo parecía más pesado. Las sombras lo acompañaban, más reales que nunca. Y, en su mente, el pensamiento de escapar se volvía más fuerte con cada minuto que pasaba. «Quizás si me voy, las sombras dejarían de perseguirme», pensó mientras se tumbaba en su cama, abrazándose a sí mismo, intentando ahogar las lágrimas que no lograban salir.

Pero, en el fondo, sabía que las sombras no se irían tan fácilmente. Sin embargo, había algo que comenzaba a cambiar. En algún lugar dentro de él, un pequeño fuego comenzaba a encenderse. Y, aunque fuera solo una chispa, esa chispa podría ser lo único que necesitaba para seguir luchando.

Y así, entre sombras y luces tenues, la historia de Daniel continuaba, buscando una salida, un resquicio de esperanza. Aunque el camino aún fuera largo, la lucha apenas comenzaba.

CAPÍTULO 5

LA INTERVENCIÓN DEL «PROTOCOLO»

El timbre del instituto sonó con un eco sordo, marcando el final de la jornada. Daniel se levantó lentamente de su asiento, sintiendo el peso de la mirada ajena. El aullido del viento, que se colaba por las ventanas rotas de la sala, le recordaba lo lejos que se sentía de todos. Como si las paredes de la escuela se hubieran estrechado para encerrarlo en una prisión invisible, mientras las sombras de la culpa y la angustia se cernían sobre él.

«¿Lo has oído?», susurró Sofía a su grupo de amigos en una esquina del aula, su voz baja, como un secreto, pero lo suficientemente fuerte para llegar a los oídos de Daniel. Él no necesitaba preguntar, no necesitaba confirmar. Había escuchado lo que decían, como siempre. La acusación de *bullying* a Samuel se expandía como una mancha de tinta sobre el agua. Y aunque Daniel sabía que no era cierto, la pesada sombra del señalamiento comenzaba a envolverlo como un manto negro que le apretaba el pecho.

El rumor había llegado hasta los oídos de los profesores, quienes finalmente habían decidido intervenir, aunque de forma tardía. El protocolo contra el acoso escolar, un conjunto de reglas y procedimientos que prometían hacer justicia, se activó por primera vez en todo el instituto. Daniel sentía un escalofrío recorrer su columna vertebral. Sabía que no importaba lo que sucediera a partir de ese momento. Nada podría borrar la sensación de sentirse observado, señalado, como si fuera una sombra errante que nunca desaparecería.

La directora, la señora Jiménez, apareció en el aula al final del día. Su rostro, serio, pero no ajeno a la preocupación, se dirigió directamente a Daniel. «Daniel, necesito que me acompañes», dijo con una calma que intentaba disimular la gravedad de la situación. Los estudiantes miraban, sus ojos inquisitivos fijos sobre él, esperando el desenlace.

En el despacho de la directora, Daniel se sentó frente a ella, las manos entrelazadas sobre sus rodillas. La señora Jiménez le explicó el protocolo: una investigación que implicaba entrevistas con todos los involucrados y testigos, además de una revisión exhaustiva de las pruebas. El chico sintió que el aire se espesaba a su alrededor, pero no pudo evitar mirar hacia la ventana, donde el sol se ponía en el horizonte, como si el día se estuviera apagando junto con su esperanza.

El protocolo era necesario, lo sabía. Pero también le recordaba cuán vacío se sentía. Todo el proceso parecía una fórmula matemática, una serie de pasos fríos y calculados, pero Daniel sentía que su corazón palpitaba de una manera diferente, acelerada, como si estuviera siendo consumido por la desesperación. La directora le pidió que no se preocupara, que todo se resolvería de acuerdo con los procedimientos, pero esas palabras se deslizaban por su mente como agua en un estanque tranquilo, sin dejar ningún tipo de huella.

En las semanas siguientes, el protocolo comenzó a tomar forma. Los testimonios de los acusadores, entre ellos Sofía, se recogieron uno a uno. Daniel comenzó a escuchar sus nombres por los pasillos, murmurados, sus voces cargadas de condena. Lo que comenzó como una pequeña mentira se fue extendiendo como una telaraña, atrapando a más y más personas.

Pero no todo en el protocolo era solo sobre la acusación. En las reuniones, algunos de los compañeros de Daniel comenzaron a alzar la voz. En particular, Jorge, un chico que había sido parte de los acosadores, ahora se encontraba atrapado entre la culpa y el arrepentimiento. Durante una entrevista, Jorge comenzó a dudar de su papel en todo aquello. En sus ojos se podía ver la lucha interna, el reflejo de alguien que se daba cuenta de que las líneas entre el bien y el mal no siempre eran claras.

—Daniel no se metió con Samuel —dijo Jorge en voz baja, mirando a la directora—. Nos dejamos llevar... creímos en las mentiras de Sofía, pero no estaba bien. No estaba bien hacerle esto a Daniel.

Esas palabras marcaron un cambio en la dinámica del grupo. Otros compañeros que habían sido testigos del acoso empezaron a tomar conciencia de lo que realmente estaba sucediendo, y algunos se acercaron a Daniel en los pasillos, en un intento tímido de ofrecerle disculpas. Daniel no sabía si podía creerles, pero sus corazones se llenaron de un resquicio de esperanza.

El protocolo avanzaba, pero Daniel no podía dejar de pensar en lo que sucedía fuera de los pasillos del instituto. Las sombras, esas que comenzaban a invadir su mente, se intensificaban. A veces, cuando caminaba solo por el patio, sentía la presión de la oscuridad envolviéndolo. Un vacío helado que parecía consumirlo por completo. Las sombras eran sus pensamientos, sus miedos, su dolor, todo acumulado en una oscuridad tangible que no podía ignorar.

En una ocasión, durante una de las entrevistas con la psicóloga escolar, Daniel confesó que sentía que las sombras le hablaban, le decían que no valía la pena, que no era suficientemente fuerte. El miedo a esas sombras se había convertido en su enemigo más grande, mucho más que el acoso mismo. Pero la psicóloga lo miró con empatía, sin juzgarlo, y le ofreció un consejo que le cambiaría la perspectiva:

—Las sombras pueden ser aterradoras, Daniel, pero recuerda que son parte de ti. No tienes que enfrentarlas solo. Hay quienes están dispuestos a caminar contigo.

En ese momento, Daniel entendió que el protocolo no solo servía para sancionar a los culpables, sino para ofrecerle una salida, un camino hacia la reconciliación y la sanación. A pesar de todo, había personas dispuestas a luchar por él. Había luz en la oscuridad, solo necesitaba aprender a verla.

Este capítulo se convirtió en el momento en que la escuela comenzó a dar pasos hacia el cambio. Pero, por dentro, Daniel sabía que el verdadero desafío aún estaba por venir. Las sombras seguían allí, al acecho, esperando la oportunidad de volver a devorarle. Y el camino hacia la verdad y el perdón era solo el primer paso en su lucha por la paz interior.

CAPÍTULO 6

EL PUNTO DE QUIEBRE

La noche se cerraba sobre la ciudad con un peso abrumador. El viento golpeaba la ventana de Daniel con insistencia, como si intentara advertirle de algo. Pero él no escuchaba. Solo veía la pantalla de su teléfono iluminando la oscuridad de su habitación, reflejando las palabras que lo asfixiaban como un lazo invisible.

«Eres un fracaso».

«Todos estaríamos mejor sin ti».

«¿Por qué sigues aquí?».

Eran mensajes de su grupo de clase. Su grupo. Aquellos con quienes alguna vez compartió aulas y recreos, pero que ahora se habían convertido en sus verdugos. Había decenas de mensajes, llegando uno tras otro, como una tormenta sin fin. Pero ya no estaba Jorge. Él había salido del grupo. Jorge ya no era parte del ataque.

Sin embargo, eso no bastaba.

Daniel sintió el peso de esas palabras hundirse en su pecho. No había escapatoria. Las sombras —esas figuras oscuras que lo acompañaban desde hacía meses— comenzaron a moverse por la habitación, envolviéndolo en su presencia fría y asfixiante. Eran más grandes ahora, más densas, más insistentes. Se deslizaban por las paredes, alargándose hasta alcanzar su cama, su cuerpo, su mente.

Cerró los ojos y respiró hondo. Pero el aire se sentía espeso, pesado, irrespirable.

Las sombras susurraban:

«No puedes escapar. Estamos dentro de ti. No hay lugar al que puedas huir».

La presión era insoportable. La habitación se hacía más pequeña, más oscura, más opresiva. El reflejo de la pantalla de su teléfono titiló, deformándose, como si las mismas sombras lo estuvieran absorbiendo.

Y entonces, sin pensar, sin planearlo, se levantó de la cama de golpe.

Necesitaba aire. Necesitaba salir.

Las sombras se retorcieron con furia, como si supieran que él intentaba escapar. Pero Daniel no les dio oportunidad. Se puso los zapatos a toda prisa y salió de su cuarto sin hacer ruido. Bajó las escaleras, atravesó la puerta de la casa y sintió el golpe del viento frío en su rostro.

Era tarde. Demasiado tarde para estar afuera. Pero no le importaba. Solo quería correr.

Correr hasta que su mente dejara de gritar.

Sus pies golpeaban el suelo con fuerza, impulsándolo hacia adelante. El aire helado le cortaba la piel, pero no se detenía. Las sombras lo seguían. Lo sabía. Las sentía en la periferia de su visión, arrastrándose entre los árboles, acechándolo desde las esquinas de su mente.

Sin darse cuenta, sus pasos lo llevaron al bosque. Aquel lugar donde Jorge y él solían ir cuando las cosas se volvían demasiado pesadas.

Pero Jorge ya no estaba. Solo estaban las sombras.

Daniel se adentró en la oscuridad de los árboles, sin notar que la noche se hacía más densa a su alrededor. No importaba. Nada importaba.

Las sombras se movieron más rápido. Sabían que estaban ganando.

CAPÍTULO 7

LO QUE PASÓ EN EL PUENTE

El bosque era un laberinto de sombras vivas. Los árboles se alzaban como gigantes dormidos, sus ramas torcidas dibujaban figuras espectrales en la penumbra. A cada paso, el suelo crujía bajo los pies de Daniel, pero el sonido se perdía en el viento helado que susurraba entre las hojas. No sabía exactamente hacia dónde iba. Solo corría, alejándose de todo, de todos.

Las sombras lo seguían.

«Aquí estás solo. No hay nadie para salvarte. Aquí es donde terminas».

El susurro era más fuerte ahora, más sólido, como si ya no hablara solo en su mente, sino directamente en el aire que lo rodeaba. Daniel no respondió. Sabía que, si abría la boca, el miedo se escaparía en forma de un grito.

Entonces, lo vio.

A través de la neblina que se extendía entre los árboles, el puente apareció ante él, recortado contra la oscuridad como una boca abierta. Un puente viejo, de madera y metal oxidado, suspendido sobre el río que dividía el bosque en dos.

El puente.

El mismo lugar donde, hacía un tiempo, había estado al borde de rendirse. El mismo lugar donde había visto su reflejo distorsionado en el agua y se había preguntado si desaparecer dolería menos que seguir respirando.

Las sombras negras se alzaron a su alrededor, envolviendo el puente, susurrando con una insistencia monstruosa.

«Esta vez no hay vuelta atrás. Esta vez, déjate caer».

Daniel avanzó, cada paso pesando como una sentencia. La barandilla estaba fría bajo sus dedos. El viento rugió, empujándolo levemente hacia adelante. Las sombras lo rodearon, cerrándole todas las salidas.

Era el final.

Jorge, en otra parte de la ciudad, sintió que algo estaba mal.

Había ido a casa de Daniel después de ver los mensajes en el grupo, después de notar que algo en la forma en que escribían los demás le helaba la sangre. Pero la casa estaba vacía.

El cuarto de Daniel tenía la ventana abierta. El teléfono seguía sobre la cama, con la pantalla iluminada por una última notificación sin leer.

El estómago de Jorge se hundió.

No estaba en casa.

Sin pensarlo dos veces, sacó el teléfono y escribió en el grupo de clase.

—Daniel ha desaparecido.

El chat se quedó en silencio. Por primera vez en meses, nadie envió un mensaje de burla.

Los primeros en responder fueron Sofía, Claudia y Marcos.

—¿Qué? ¿Cómo que ha desaparecido?

Jorge apretó los dientes, furioso.

—Felicidades. Ustedes ayudaron a que esto pasara.

El peso de esas palabras cayó sobre el grupo.

El silencio duró más de lo que Jorge soportó. Luego, una respuesta.

De Sofía.

—¿Dónde crees que está?

Jorge tragó saliva. Pensó en Daniel. Pensó en sus momentos juntos. Y entonces lo supo.

—El bosque.

El puente.

Claudia fue la primera en reaccionar.

—Vamos.

Y fueron. Sofía, Claudia, Marcos y otros más. Algunos lo hicieron por miedo. Otros porque sabían que ya no podían seguir ignorándolo.

CAPÍTULO 8

EN EL PUENTE: EL ENFRENTAMIENTO

El puente crujía bajo sus pies, y el viento cortante le arrancaba lágrimas que se mezclaban con la desesperación en su rostro. Daniel cerró los ojos, sintiendo cómo las sombras lo envolvían como un abrazo frío y mortal. El agua bajo sus pies era un espejo negro, inmenso y aterrador, reflejando un cielo vacío, sin esperanza.

Un paso más. Solo uno, y todo terminaría.

El dolor no se iba. Permanecía allí, aferrado a su pecho como un parásito insaciable. El vacío parecía prometer calma, pero el miedo se enroscaba en su garganta, asfixiándolo.

¿Por qué él? ¿Por qué siempre él? ¿Por qué cada palabra, cada mirada, cada risa le atravesaban el alma como cuchillos? Lo habían destrozado una y otra vez, como si su sufrimiento fuera un espectáculo que nadie se molestaba en interrumpir.

—No vales nada —susurraron las sombras negras, enredándose en sus brazos, en su cuello—. No hay nadie para ti.

Las palabras eran familiares. Las había escuchado tantas veces que ya no distinguía si venían de fuera o de dentro. Cerró los ojos con fuerza, tratando de apagar el dolor, pero solo logró revivir cada burla, cada golpe, cada carcajada cruel que lo dejaba tirado en el suelo.

«¿Y si simplemente... desaparezco?».

La idea lo golpeó como una ola helada. No era solo el dolor físico o el miedo a la caída. Era la certeza de que, después de todo, quizás sí merecía acabar ahí, en medio de la nada, donde nadie lo escucharía jamás.

«Quizás, así, dejarán de dolerme las palabras».

Un paso más.

—¡Daniel!

La voz rompió la niebla como un rayo que partía la oscuridad en dos. Daniel abrió los ojos de golpe y su corazón dio un vuelco. Al otro lado del puente, difuminados por la distancia y la bruma, estaban ellos. Jorge, Sofía, Claudia, Marcos... todos estaban allí. Mirándolo con una mezcla de miedo, dolor y arrepentimiento. Pero no estaban solos.

De entre la penumbra, las sombras blancas comenzaron a aparecer. Surgieron como figuras espectrales que flotaban en el aire, nacidas del dolor que todos habían cargado en silencio. No eran solo manchas de luz, eran fragmentos de almas heridas, cicatrices del arrepentimiento colectivo.

Las sombras negras a su alrededor se revolvieron, irritadas, como bestias que veían amenazada su presa. El aire se volvió denso, difícil de respirar, como si el odio mismo intentara asfixiar a Daniel.

Jorge dio un paso adelante. Su voz tembló, pero no se detuvo.

—No hagas esto —suplicó, atravesando el dolor con cada palabra.

Las sombras negras rugieron con furia, empujando contra Daniel como una ola oscura que intentaba arrastrarlo.

—¡Cállate! —gritaron, con un eco que resonó como una bofetada en el aire.

Pero Jorge siguió hablando, atravesando la negrura.

—Sé que lo hicimos mal. Sé que no merecemos estar aquí. Pero no vamos a dejarte solo otra vez.

Sus palabras eran como lanzas que se clavaban en las sombras, debilitándolas. Claudia dio un paso al frente, y su voz quebrada añadió otra grieta a la oscuridad.

—Siempre pensé que eras fuerte. Pensé que podías soportarlo todo... Pero nunca me detuve a mirar de verdad. —Las lágrimas rodaban por sus mejillas, brillando bajo la débil luz de la luna—. Perdóname. Perdónanos por ser tan ciegos.

Sofía cayó de rodillas, sollozando.

—Me reí de ti porque era más fácil que enfrentar lo que yo misma sentía —confesó—. Tenía miedo de ser el blanco, así que te dejé caer... Nunca me lo perdonaré.

El silencio se rompió en mil pedazos. Las sombras blancas avanzaron, resplandeciendo con una luz frágil, pero decidida, enfrentándose a la oscuridad como olas que chocan contra rocas inmensas.

El puente temblaba, y el corazón de Daniel latía tan fuerte que dolía. Miró a Jorge y al resto, y sintió que su alma se desgarraba. ¿Por qué ahora? ¿Por qué no antes, cuando más los necesitaba?

Y entonces, un rayo cayó, iluminando el cielo, y el estruendo hizo que Daniel trastabillara. El suelo se fue de debajo de sus pies y cayó hacia un lado, golpeando el suelo con el brazo extendido. El dolor fue tan agudo que su grito se perdió en el viento.

Jorge se liberó de las sombras y, junto a los demás, se lanzó hacia él, cogiéndolo antes de que pudiera resbalar por el borde.

—No estás solo —susurró Jorge, aferrando su mano con fuerza—. No más.

Las sombras blancas y negras continuaban su lucha, pero la oscuridad comenzaba a menguar, retrocediendo ante el poder de la verdad y el arrepentimiento. Daniel sollozó, dejando que el dolor escapara, que los recuerdos fluyeran como un río desbordado.

El puente se calmó poco a poco, y las luces de la ciudad en la distancia parecieron acercarse, como si la noche se estuviera despejando. Jorge lo sostuvo, y Claudia se arrodilló junto a él, acariciando su rostro con manos temblorosas.

—Lo siento tanto —murmuró ella, llorando a su lado—. Nunca debimos dejarte solo.

Y en medio de la angustia, Daniel sintió una chispa de calor en su pecho. No estaba seguro de si podría perdonarlos de inmediato, pero algo en su interior comenzó a cambiar. Era solo un destello, pero era suficiente. La batalla apenas empezaba, pero ya no estaba solo en ella.

CAPÍTULO 9

EN CASA, INTENTANDO SANAR

El sol de la mañana entró tímidamente a través de las cortinas, pintando con su luz dorada la habitación de Daniel. A pesar de la suavidad de sus rayos, todo a su alrededor parecía envuelto en una niebla densa de recuerdos dolorosos. El dolor en su brazo roto era constante, pero mucho más insoportable era el vacío que sentía en su interior. Cada vez que intentaba cerrar los ojos, las sombras negras volvían a acecharlo, y las luces blancas, tan frágiles, parecían ser un recuerdo lejano. La lucha aún resonaba en su mente y, aunque su cuerpo sanaba, su alma seguía marcada.

Había pasado por el médico, como era necesario. Un diagnóstico frío y clínico. El brazo se rompió, nada grave si se trataba rápidamente. El vendaje era firme, pero no podía evitar pensar que lo mismo ocurría con su corazón: cubierto por una capa que ocultaba el sufrimiento, pero que no lo sanaba realmente. La cura superficial no podía borrar la herida profunda que la desconfianza había sembrado en su ser. El médico había recomendado reposo, pero Daniel sabía que el tiempo no curaba todo. El tiempo no borraba las cicatrices internas.

Al día siguiente, cuando Daniel apenas podía levantarse del sofá donde se había reclinado, alguien tocó la puerta. Primero, pensó que sería alguien más de su familia, o quizás un amigo preocupado. Pero cuando abrió, lo que vio lo dejó sin palabras: los exacosadores. Habían llegado, como si el peso de sus propias sombras también los impulsara hacia él. Con sus gestos torpes, sus miradas culpables, parecía que traían consigo todo el dolor que él había sentido. Pero algo había cambiado en ellos, algo que no podía identificar de inmediato.

—Daniel... —La voz de uno de ellos tembló, casi quebrándose—. Sabemos que no somos bienvenidos. Sabemos que hemos causado demasiado daño, pero... estamos aquí para ayudarte. Para pedirte perdón. Queremos cambiar, ser mejores. No podemos seguir arrastrando este peso.

Daniel los miró, sintiendo una mezcla de emociones en su pecho. El enojo, la desconfianza, el dolor; todos se arremolinaban dentro de él. Pero al mismo tiempo, había algo en sus ojos que lo hacía dudar. Algo que no había visto antes: sinceridad, arrepentimiento, una vulnerabilidad que resonaba con la suya propia. ¿Cómo podía creer en ellos después de todo lo que había pasado? ¿Cómo podía confiar en los mismos seres que lo habían llevado al borde de la oscuridad?

Un silencio tenso se instaló en la sala, pero no duró mucho. Otro de los exacosadores dio un paso al frente, como si necesitara hablar para aliviar la presión.

—No sabemos cómo ayudarte físicamente, pero si necesitas hablar, si necesitas que hagamos algo para que sanes, estamos dispuestos. Sabemos que no merecemos tu perdón, pero esperamos poder ganarlo.

Daniel los observó, sus ojos buscando algo que le permitiera darles el beneficio de la duda. Lo cierto era que no esperaba nada de ellos. No sabía qué esperar de nadie. Había sido abandonado tantas veces por sus propios pensamientos que ya no sabía si podía confiar en las personas que alguna vez estuvieron cerca de él. Pero, al mismo tiempo, no podía ignorar el deseo que se encendía en su pecho. El deseo de sanar, de dejar de lado el miedo que había estado dominando su vida durante tanto tiempo.

En ese instante, comprendió que el proceso de sanación no iba a ser simple ni rápido. Sería lento, con momentos de retroceso y de duda, pero no sería imposible. Las palabras de los exacosadores lo hicieron reflexionar: ellos también eran seres rotos, como él. Y, de alguna manera, esa conexión con su sufrimiento compartido era el primer paso hacia la redención de ambos.

Sin decir mucho más, Daniel asintió lentamente.

—Voy a intentar... no sé si podré perdonarles, pero no quiero vivir atrapado en el rencor.

La sala, antes cargada de tensión, se llenó de una calma nueva. Era el comienzo de algo, de una lenta reconstrucción, como las piezas de un rompecabezas que caían en su lugar, con cuidado. Los exacosadores no se habían rendido, no con las palabras, ni con el arrepentimiento. Ellos estaban dispuestos a hacer lo que fuera necesario para sanar, no solo a Daniel, sino a ellos mismos.

Desde ese día, comenzaron a visitarlo cada tarde. Se sentaban a su lado, no buscando excusas, sino escuchando en silencio, acompañando sus momentos más oscuros, sin forzar ningún tipo de cura inmediata. Sabían que el tiempo sería el que, lentamente, sanaría las heridas profundas que Daniel tenía. Pero esa presencia constante, esa intención de cambio era lo que comenzaba a abrir una pequeña rendija de esperanza en su corazón.

Mientras el sol se ponía cada tarde, Daniel sentía cómo las sombras, aunque aún presentes, ya no tenían el mismo poder sobre él. Sabía que su camino hacia la curación sería largo, pero en ese instante, por primera vez en mucho tiempo, se permitió creer que, quizás, podía encontrar algo de paz.

CAPÍTULO 10

EL PERDÓN DE LOS CÓMPLICES
Y EL DISCURSO DE LOS PADRES

El otoño estaba en su plenitud, con sus hojas doradas y quebradizas deslizándose suavemente hacia el suelo, como si la naturaleza misma estuviera reflejando el estado del alma de Daniel. Todo parecía estar en un ciclo de transformación, una lucha constante entre lo viejo y lo nuevo, lo roto y lo entero. Y así como las estaciones cambiaban, también lo hacía él, aunque con una lentitud dolorosa que lo hacía cuestionar si el tiempo realmente era capaz de curar las heridas profundas del alma.

Aquella mañana, el aire fresco del evento organizado por el Instituto de Educación Secundaria (IES) le daba una sensación extraña, como si el tiempo se hubiera detenido, o al menos se hubiera ralentizado para permitirle respirar. El sol parecía tímido, apenas asomándose entre las nubes, como si temiera iluminar demasiado a fondo los rincones oscuros del corazón humano. Daniel caminaba por los pasillos con pasos cautelosos, su mente llena de pensamientos encontrados. Sabía que el cambio había comenzado a gestarse, pero todavía dudaba de su realidad, como si temiera que los avances fueran solo una ilusión pasajera. Y, sin embargo, ahí estaban los gestos, las acciones que demostraban que algo dentro de las personas que alguna vez lo lastimaron había cambiado.

Sofía fue la primera en dar un paso hacia la redención. Lo que antes habían sido excusas y distanciamiento, ahora se convertía en una confrontación con la verdad. Sofía, con su tono firme, pero vulnerable, había hablado con los profesores, se había hecho responsable de su parte en el daño que él había sufrido. Lo hizo en público, no porque quisiera llamar la atención, sino porque había comprendido algo esencial: la verdad no tiene valor si se esconde, y el perdón no puede alcanzarse si no se enfrenta al daño que se ha hecho. El gesto de Sofía, al igual que un rayo que ilumina un cielo nublado, fue el primer indicio tangible de que los cimientos de la indiferencia y la crueldad se estaban resquebrajando.

Claudia, por su parte, se sentó junto a Daniel en clase, sin palabras vacías, sin gestos de superioridad. Al principio, Daniel pensó que tal vez era una burla más, que simplemente lo hacía por obligación o por presión de los demás. Pero lo que vio en sus ojos le hizo dudar. Había algo más. Algo que no se podía describir con una simple mirada. La indiferencia había desaparecido y, en su lugar, había un espacio vacío, como una página en blanco esperando ser escrita. Claudia ya no lo veía como un objeto de burla, ni como un extraño; lo veía como un ser humano, alguien que había sido herido, pero que no estaba irremediablemente marcado por esas heridas.

Daniel comenzó a sentirse extraño, como si una puerta que nunca se había atrevido a abrir se hubiera abierto por fin. La desconfianza seguía siendo un compañero cercano, pero también sentía un leve atisbo de esperanza. Quizás, en efecto, la vida le estaba dando una segunda oportunidad. Y aunque no sabía cómo sostenerla, o si merecía realmente esa oportunidad, por primera vez en mucho tiempo, podía imaginar un futuro que no estuviera completamente determinado por el dolor.

Esa tarde, cuando regresó a su hogar, algo en el aire era diferente. La casa, que siempre había sido un refugio, ahora parecía ser una especie de campo de batalla. Sus padres, que a menudo se mantenían al margen de las conversaciones más profundas, estaban ahí, esperando. La fragilidad de ese momento pesaba en el aire, y Daniel sintió que, por primera vez, sus padres estaban dispuestos a hablar de lo que realmente importaba. No más palabras vacías, no más explicaciones fáciles.

El padre de Daniel, quien siempre había sido un hombre de pocas palabras, rompió el silencio con una reflexión profunda que resonó en todo el hogar.

—Daniel —comenzó—, hemos estado tan centrados en nuestras propias vidas, en nuestro propio dolor, que nunca nos detuvimos a ver el sufrimiento que te causaron. Pensábamos que «eran cosas de niños», que lo superarías con el tiempo, que no era tan grave. Y ahora sé que lo que dijimos no solo estaba equivocado, sino que también perpetuó la indiferencia ante tu dolor. El sufrimiento de un niño no debe ser ignorado, no debe ser minimizado. Cada palabra cruel, cada gesto despectivo se queda con ellos, marcando sus corazones de formas que no podemos ni imaginar.

La madre de Daniel, de pie junto a él, también compartió su dolor.

—Hubiera querido ser más consciente, estar más presente. Quizás, si hubiésemos visto lo que pasaba, si hubiéramos hablado más, podríamos haber hecho algo. Pero no lo hicimos, y te fallamos. Como padres, debemos aprender a escuchar, a ver más allá de las palabras, más allá de lo superficial.

Estas palabras calaron profundamente en el corazón de Daniel. Había sido difícil para él, durante tanto tiempo, sentir que sus padres no veían el dolor que lo había acompañado cada día. Había creído que su sufrimiento era invisible, que nadie lo entendía. Pero ahora, en este momento, entendía que el amor no siempre se expresa de la manera que uno espera, y que la comprensión y el arrepentimiento de sus padres no significaban que las heridas desaparecieran de inmediato. Pero, al menos, estaba dispuesto a creer que ese reconocimiento era el primer paso hacia una sanación real.

CAPÍTULO 11

LA VOZ DEL PERDÓN

Fue entonces cuando algo inesperado ocurrió. Un profesor, uno de esos hombres que rara vez se veían involucrados en las dinámicas más profundas de la escuela, se presentó ante ellos. Había sido testigo de todo, y su rostro mostraba la carga de una culpa tardía, pero sincera.

—Hace tiempo, cuando vi lo que te sucedía, Daniel —comenzó el profesor con una voz cargada de arrepentimiento— te llamé «soberbio». Pensé que tu actitud era la causa de lo que pasaba, que tú eras el problema. Pero, hoy sé que lo que hice fue callarme, ignorar el dolor real que sufrías. Pensé que era una forma de disciplinarte, que de alguna manera tu comportamiento podía justificar lo que pasaba, pero estaba equivocado. Ahora, mirando hacia atrás, veo que mi silencio fue una de las peores decisiones. «El silencio mata», alguien me lo dijo un día, y ahora lo entiendo completamente. Al no intervenir, al no hablar cuando más importaba, dejé que el daño continuara».

Las palabras del profesor fueron un golpe suave, pero certero. No había excusas, solo la dura verdad. Y mientras escuchaba esas palabras, Daniel comprendió algo profundo: el perdón no es una dádiva que se otorga por compasión. El perdón es, más bien, una forma de liberarse a uno mismo. Dejar ir el sufrimiento, de alguna manera, no es para el otro, sino para uno mismo, para dejar de cargar con las sombras que nos atan al pasado.

En ese momento, Daniel entendió que la redención no es algo que se pueda otorgar de inmediato. La redención es un proceso, y el perdón, aunque necesario, es solo una de las muchas piezas del rompecabezas. El cambio no es instantáneo, pero sí es posible. Y si había algo que él podía hacer, era empezar a darle sentido a su propio sufrimiento, entender que las cicatrices no definían su futuro, sino que le daban la fuerza para crear uno nuevo.

Aquel día, en el evento del ISTI, Daniel fue invitado a dar un discurso. No había preparado nada formal, pero en ese momento, sintió que era su oportunidad para compartir lo que había aprendido. Subió al podio, su voz resonando con la fuerza de quien ha sido tocado por el dolor y, al mismo tiempo, por la luz de la sanación.

—Hoy quiero hablar sobre las sombras —comenzó, su tono firme, pero cargado de emoción—. Las sombras no son solo la oscuridad que vemos en la noche. Son aquellas heridas invisibles, las que no se ven a simple vista, pero que nos marcan profundamente. Son las huellas de palabras crueles, de miradas indiferentes, de actos que parecen pequeños, pero que, en realidad, se quedan con nosotros mucho tiempo después de que las personas que los hicieron ya los han olvidado. Yo he cargado con esas sombras, las he visto crecer dentro de mí, pero he aprendido algo importante: las sombras solo pueden persistir si las dejamos crecer. Y yo he decidido no dejar que las sombras sigan gobernando mi vida.

El silencio en la sala se profundizó aún más. Daniel sentía el peso de sus palabras, pero también el alivio de haberlas dicho en voz alta, ante tantas personas que ahora escuchaban.

—Os voy a contar una historia, mi historia, pero también la historia de muchos de nosotros. De personas que, como yo, llevamos estas sombras dentro, esas que no se ven, pero que nos definen si las dejamos. Al principio, pensé que esas sombras me destruirían. Pensé que no habría forma de salir de ellas, que mi futuro estaría condenado por el dolor del pasado. Pero con el tiempo, me di cuenta de que las sombras solo tienen el poder que nosotros les damos. Si dejamos que gobiernen nuestra vida, nos ahogarán. Si, por el contrario, nos atrevemos a enfrentarlas, nos damos cuenta de que podemos caminar hacia la luz.

»El perdón, del que tanto se habla, no es una dádiva que se da al otro. Es un regalo que nos damos a nosotros mismos. Dejar ir el sufrimiento, entender que lo que pasó ya no puede seguir definiéndonos, es la verdadera liberación. Hoy estoy aquí, frente a vosotros, para decir que no importa cuántas sombras llevemos con nosotros, podemos decidir qué hacer con ellas. Podemos decidir no ser prisioneros del pasado. Podemos caminar hacia la luz.

Daniel hizo una pausa y miró a su alrededor. Sabía que sus palabras no podían sanar todo de inmediato, pero sentía que al menos había plantado la semilla del cambio. Y mientras la sala permanecía en silencio, con miradas reflexivas que no se atrevían a interrumpir su discurso, Daniel finalmente entendió que las sombras, aunque difíciles de llevar, ya no tenían el poder de definir su destino.

CAPÍTULO 12

EL GRITO DE LA LUZ

El sol comenzaba a esconderse tras las montañas, tiñendo el cielo de un naranja cálido que iluminaba suavemente el patio de la escuela. Daniel se encontraba en el banco donde todo había comenzado, un lugar que ya no le traía solo recuerdos de dolor, sino también de esperanza. La sombra blanca brillaba a su alrededor, tan intensa como nunca antes.

La luz parecía más fuerte, como si todo el universo estuviera conteniendo el aliento.

Delante de él, los chicos que antes lo habían atormentado, ahora se acercaban, sus pasos vacilantes, con el rostro marcado por el arrepentimiento. Javier fue el primero en dar un paso al frente. Sus ojos, normalmente llenos de arrogancia, ahora estaban hinchados por las lágrimas. Miró a Daniel, pero no podía hablar. Era como si las palabras estuvieran atrapadas en su garganta.

Finalmente, rompió el silencio con una voz quebrada, tan suave que parecía una súplica.

—Daniel... —su voz se rompió—, lo siento tanto... Nunca pensé en lo que te estaba haciendo. No me di cuenta del daño hasta que te vi... hasta que vi en tus ojos todo lo que te causamos.

Daniel lo miró fijamente. Las palabras de Javier resonaron en su mente, pero aún había un nudo en su garganta. Él había sido quien más lo había herido. El chico que, a menudo, lo había atacado con la mirada y con palabras crueles. Pero ahora estaba aquí, con los hombros caídos, con los ojos llenos de arrepentimiento.

La sombra blanca brilló aún más fuerte, rodeando a Javier como un abrazo cálido.

Daniel respiró hondo y, por primera vez en mucho tiempo, se sintió fuerte. No importaba el pasado. Lo que importaba era lo que estaban construyendo ahora.

— No te guardo rencor —dijo, su voz firme, pero suave—. Yo también te fallé a ti. Y a todos los demás.

Un suspiro de alivio recorrió el rostro de Javier, pero no fue suficiente. Algo faltaba, algo mucho más grande. Los otros chicos, también visiblemente afectados, se acercaron lentamente. Cada paso era una mezcla de miedo y arrepentimiento, pero también de una fuerza silenciosa que pedía ser perdonada. Samuel, el niño con autismo, estaba a su lado, sin comprender del todo la magnitud de lo que ocurría, pero con una mirada tranquila que parecía pedir paz.

Finalmente, el grupo entero rodeó a Daniel. Todos, con los ojos llenos de lágrimas. El peso de sus errores les pesaba como una carga invisible, pero al mismo tiempo, había algo nuevo en sus miradas. Algo que había nacido de la confrontación con sus propios demonios.

Y entonces, sin más palabras, se dieron cuenta de lo que necesitaban hacer.

Uno por uno, se acercaron a Daniel, y cada uno de ellos lo abrazó. Un abrazo sincero, profundo, como si quisieran borrar toda la oscuridad del pasado con ese único gesto.

Javier lo abrazó primero, sus lágrimas cayendo en los hombros de Daniel, como una lluvia de perdón.

—No sé si alguna vez podré perdonarme..., pero te prometo que lo intentaré. Porque tú te lo mereces.

Las lágrimas de Daniel comenzaron a caer, pero no eran lágrimas de dolor. Eran lágrimas de liberación. Un dolor que finalmente se transformaba en algo hermoso.

Las sombras oscuras que lo habían perseguido durante tanto tiempo comenzaron a desvanecerse, como si el simple acto de perdonar las hiciera desaparecer. La sombra blanca brilló con una intensidad que cegó a todos, rodeándolos con una luz cálida y pura. Era como si el sol hubiera tocado la tierra con sus rayos más hermosos, trayendo consigo la esperanza.

En ese momento, las sombras ya no tenían poder sobre él. La luz había ganado.

Jorge, que estaba observando todo desde un rincón, no pudo evitar emocionarse. Se acercó a Daniel y le dijo en voz baja:

—Te lo dije, Daniel. Este es tu momento. Lo lograste.

Pero Daniel, con la voz temblorosa, pero llena de emoción, le respondió:

—Lo logramos, Jorge. Todos lo logramos.

Con una mirada firme y un corazón lleno de gratitud, Daniel se levantó lentamente. No importaba que hubiera estado al borde de la desesperación, porque ahora había encontrado algo mucho más grande: la fuerza de la reconciliación y el amor. La luz que surgía de los corazones de aquellos chicos arrepentidos no solo los sanaba a ellos, sino que también sanaba a Daniel.

En un susurro, casi como si las estrellas mismas estuvieran escuchando, Daniel habló:

—Hoy he aprendido que no importa cuán oscuras sean las sombras. Siempre hay una luz dentro de nosotros capaz de hacerlas desaparecer. El perdón no solo libera a quien lo recibe, sino también a quien lo da.

Y en ese preciso momento, una luz cegadora iluminó el cielo. Las sombras, las mismas que habían acompañado a Daniel durante tanto tiempo, desaparecieron por completo. Todo lo que quedó fue la paz, el perdón y la posibilidad de un nuevo comienzo.

La directora apareció, viendo la reconciliación frente a ella. Con una expresión serena, pero con una energía que reflejaba la importancia de lo sucedido, dio un paso al frente.

—Hoy, hemos sido testigos de un milagro. Este es el futuro que todos necesitamos. La escuela ha comenzado a implementar el nuevo protocolo contra el acoso escolar y, de aquí en adelante, todos serán parte de esta lucha.

Daniel, con la mirada fija en sus amigos, sonrió por primera vez sin reservas. Porque sabía que lo que había comenzado con lágrimas y oscuridad ahora brillaba con una luz infinita.

EPÍLOGO

Cuando comenzamos a escribir, no siempre sabemos hacia dónde nos llevará la historia. A veces las palabras surgen de un lugar profundo, casi sin pensar, como si quisieran liberarnos de algo que no sabíamos que cargábamos. Este relato ha sido, para mí, una forma de entender mejor todo lo que he vivido, de dar sentido a las experiencias que no siempre entendí en su momento.

Al final, lo que queda es la lección de que, aunque las sombras puedan acecharnos y el dolor nos haga sentir que estamos perdidos, siempre existe la posibilidad de encontrar una salida. No importa cuán oscuros sean los días, el arrepentimiento y el perdón son las llaves que nos permiten romper el ciclo. Lo que nos define no son los errores que cometemos, sino nuestra capacidad para reconocerlos y, si es posible, enmendarlos.

Esta historia es también un recordatorio de lo crucial que es rodearse de personas que realmente se preocupan por nosotros. Los amigos, los que están ahí no solo cuando las cosas van bien, sino también cuando nos enfrentamos a nuestros propios demonios. Ellos nos ayudan a ver lo que no somos capaces de ver, nos levantan cuando caemos y nos muestran que el cambio siempre es posible, aunque a veces parezca lejano.

Me gustaría recordar a todos esos amigos que me quieren, porque, aunque parezca que no, son los que nos levantan y son el estallido de luz en esas noches amargas.

Antes de terminar esta página de reflexión y agradecimiento, me gustaría hacer una mención a esos amigos de campamentos, en especial a los de Getafe, hay amistades que se hacen y otras son un regalo... como la de ellos.

A vosotros lectores, que habéis elegido este libro para pasar un ratito y no otro, me encantaría que me contarais lo que os ha parecido, lo podéis hacer a partir del correo hemescritor@gmail.com

Y la palabra final de agradecimiento la brindo a todos esos profesores, que actúan para eliminar el acoso en sus aulas, y los toman como tontos.

A vosotros y a los que me quedo atrás, GRACIAS.

Al guardar la pluma en el tintero, me doy cuenta de que, más allá de lo que se pueda aprender de ella, lo que importa es que todos tenemos la oportunidad de hacer una diferencia, ya sea en nuestra vida o en la de alguien más. Las palabras, los actos y las decisiones que tomamos pueden tener un impacto enorme. Por eso, la historia no termina aquí. Cada uno de nosotros tiene el poder de escribir su propio capítulo, de corregir sus errores y, lo más importante, de ofrecer una segunda oportunidad, tanto a los demás como a nosotros mismos.

Este es solo el comienzo de una reflexión que espero continúe, incluso cuando se cierren estas páginas.

Aquí termina este libro, pero no su mensaje. La historia de Daniel es la de muchos, una prueba de que las sombras pueden rodearnos, pero nunca definirnos. Somos más que el dolor que hemos vivido, más que los miedos que nos han susurrado al oído. Siempre hay luz, incluso en los lugares más oscuros, y siempre hay alguien dispuesto a caminar a nuestro lado. Ojalá estas páginas sean un recordatorio de que nunca estamos realmente solos.

RECURSOS COMPLEMENTARIOS

Este libro no termina cuando cierras sus páginas. *Daniel. El grito de las sombras* sigue vivo en cada lector que se atreve a mirar más allá, en cada conversación, en cada clase donde estas sombras se transforman en comprensión y esperanza.

Escanea este código QR y accede a un espacio digital con materiales exclusivos para seguir trabajando la historia:

*Recursos de comprensión, preguntas y actividades para profundizar en el sentido del libro.

*Vídeos y contenidos audiovisuales que amplían la experiencia lectora.

*Propuestas didácticas para trabajar el libro en grupo, en tutorías o proyectos educativos.

☞ Ideal para centros escolares, docentes o lectores que quieran adentrarse en los temas del acoso, la empatía y la superación desde la lectura.

Y esto es solo el comienzo: con el tiempo se añadirán nuevos recursos, guías, vídeos y actividades, para que la historia de Daniel siga creciendo y llegando a más lugares.

Escanea. Descubre. Trabaja. Comparte.

Porque cuando las palabras se convierten en diálogo, las sombras dejan paso a la luz.

ÍNDICE

Este libro se terminó de editar en Granada
en noviembre de 2025 por

Aliarediciones

www.aliarediciones.es
info@aliarediciones.es